준혁이와 할머니의 새싹 이야기

준혁이와 할머니의 새싹 이야기

글 배준혁, 이옥주 그림 배준혁

다봄북스

준혁이와 함께 동시집을 내며

곤충을 좋아하는 준혁이와 이야기를 했습니다.
포르투갈어를 배워서 브라질 아마존에 가보고 싶다네요.
그곳에서 가장 좋아하는 타란툴라 거미를 볼 거라는군요.
둘이 마주 보고 웃었습니다.

우리는 새끼손가락을 걸며
별이 마구 쏟아지는 사막에 가보기로 약속했지요.
그곳에서 별자리를 이어보기도 하고
별똥별을 보며 멋진 소원을 말해볼 겁니다.

동화책을 읽고 그다음에는 어떻게 됐을까를 얘기하며 즐거워했습니다.
할머니를 제일 많이 웃게 하는 아이입니다.
새봄이 오면 준혁이는 초등학교에 입학합니다.
호기심 많은 아이는 더 즐거운 일이 많아지겠지요.

좋은 기억들을 오래 간직하기 위해
오래 전부터 만들고 싶어 했던 책에
준혁이의 밝은 그림, 동시와 할머니의 동시, 시,
어린 손자에게 보냈던 편지글을 함께 실어봅니다.

2023. 12.
이옥주

|차례|

제2부. 이옥주 작

제3부. 할머니가 글자를 읽는 준혁에게 보낸 편지글들

제4부. 동화

제1부. 배준혁 작

내 마음

할머니와 놀이터에 갔다
미끄럼틀을 타려고 올라가니
누나들이 있다
그때 기어가는 거미를 봤다
한 누나가 죽이자고 하고
다른 누나는 살려주자고 했다
나는 거미가 불쌍해서
"안 돼, 죽이지 마"
"죽이면 안 돼!" 그랬다

나는 나뭇잎으로 거미를 나무에
올려 주었다
거미가 나무기둥을 타고 올라갔다
내 마음이 좋았다

13

거미

거미야, 거미야
다리가 여덟 개라 야구공을
잘 잡겠다

너는 벌도 이길 수 있고
집이 튼튼해서 뭐든지
잘 잡겠구나

줄 타고 높은 곳에 올라갈 수 있어
참 좋겠다

모래바닥에 살아 다리 아플 것 같다
다리 아프지 않게 돌멩이를
다 치워줄게

15

연못

연못에서 볼 수 있는 것은
올챙이 금붕어 노란 개구리밥이다

연못에 말벌이 왔다
꼬마 장수말벌이다
주황색 검은색 줄무늬가 있다

작아서 꼬마라는 이름을 가졌다
큰 턱이 있고 끝 부분은 검은색이다

연못에 사는 금붕어와
친구가 되고 싶어 놀러 온 것 같다

연못은 매일 봐도 좋다

17

달팽이

무거운 집을 지고 어디로 갈까요

파란 하늘 보고 싶어
풀숲에서 나와 느리게 기어가요

더듬이로 방향을 찾아서 가요

친구들에게 얘기해 주려고
여기저기 기어가는 달팽이예요

19

할머니

할머니는 나를
우리 집 보물이라고 불러요

나하고 숨바꼭질도 하고 축구도 해요
친구처럼 놀아주는 할머니는
내 마음을 잘 알아요

할머니가 나를 꼭 안고
많이많이 사랑한다고 말했어요

나는 두 팔을 크게 벌려
동그라미 그려서
이만큼 사랑한다고 말했어요

21

비오는 날

비가 오고 있어요
비는 구름에 있던 물방울이
무거워서
떨어지는 거래요

비오는 날에는 개구리가 운대요
도둑게도 좋아한대요
몸이 축축해지니까요

거미들은 나뭇잎 뒤에 숨어요
개미들은 개미굴 입구를 막아서
비를 피한대요

나도 비를 피해
우산을 쓰는데

비 맞는 게 더 좋아요

23

크리스마스 선물

산타 할아버지는
내가 갖고 싶은 선물을 잘 아신다

선물을 못 받을까봐 걱정했는데
선물을 주셨다

산타 할아버지는
아파트에 굴뚝도 없고
우리 집 비밀번호도 모르는데
어떻게 내 선물을 놓고 가실까

궁금하다

25

분수

할아버지 집에 놀러갔다

창문 밖에서 소리가 들렸다
자세히 보니 놀이터에
분수가 꽃처럼 나오고 있다

분수를 보려고 빨리 밖으로 나왔다
분수는 대나무처럼 길게 위로 올라간다

손으로 만져보니 차갑고 부드럽다
뿜어져 나오는 물에 태권도를 했다
옷도 운동화도 젖었지만
재미있었다

멋있는 분수를 또 볼 수 있을까
기대된다

도둑게

달그락 달그락
도둑게가 집게로 통을 긁어 소리를 낸다
집게다리로 빵도 집어 먹는다

별명은 스마일 크랩이다
웃는 얼굴 모습이 등딱지에 있어서
그렇게 부른다

붉은색과 노란색, 검은색이 섞여 있다

바닷가 마을에서 밤에 몰래 들어가
음식을 훔쳐 먹어 도둑게가 되었다

나는 사육 통에 넣어서 키운다
매일 먹이도 주고 물도 준다

내가 다가가면 구석에 숨지만
도둑게가 나는 좋다

29

새똥

할머니는 새똥을 맞아 봤다는데
나도 새똥 맞아 보고 싶어요

새똥을 머리에 맞았는데
따뜻하다고 했어요

숲에 가면 맞을까요
길가다 맞을까요

빨리 새똥 맞아보고 싶어요

손톱 물 들이기

할머니와 봉숭아 씨를 화분에 심었어요
조금씩 새싹이 나오더니
쑥쑥 자라서
붉은색 분홍색 꽃이 피었어요

꽃을 따서 손톱에 얹고
한참 있으니
예쁜 주황색 손톱이 되었지요

물이 빠지지 않고
오래오래 가면 좋겠어요

고양이 이름

증조할머니 집 고양이 이름은
행복하라고 해피래요

큰아빠 집 강아지 이름은
반딧불처럼 빛나라고 반디래요

나도 고양이를 키우고 싶어요

이름을 짓는다면
눈송이라고 짓고 싶어요

겨울에 오는 흰 눈을
내가 좋아하니까요

지렁이

숲 체험에서 지렁이를
만져봤는데 부드러워요

지렁이는 흙 속에 살아요
흙을 기름지게 만들어
사람들한테 이롭게 해준대요

낚시하는 아저씨들은
물고기 밥으로 쓴대요

느리게 기어가는 지렁이가
나는 귀여워요

37

자장가

자장자장 우리 아기
잘도 잔다 우리 아기

검둥개야 짓지 마라
우리 아기 잘도 잔다

자장자장 우리 아기
잘도 잔다 우리 아기

꼬꼬닭아 울지 마라
우리 아기 잘도 잔다

할머니가 불러주는 이 자장가가
제일 좋아요

이 노래를 들으면
기분이 좋아져요

제2부. 이옥주 작

여름비

빗물이 톡 톡 톡
우산 위로 떨어져요

예쁜 노래 같기도 하고
집으로 빨리 가라는
신호 같기도 해요

학교가 끝나고
빗소리 들으며 집으로 가는 길

파릇파릇
나무들이 반겨줘요

43

채송화

장맛비가 오는데도 채송화는 씩씩해요
얇은 꽃잎에 비가 닿아도 꿈쩍하지 않아요
번개 치고 천둥이 울려도
무섭지 않은가 봐요
나는 깜짝 놀라 몸을 움츠리는데요

채송화는 조금씩 자라더니
장마가 끝날 때는 키가 많이 자랐어요

꽃잎은 여러 가지 다른 색이지만
옹기종기 모여 낮은 목소리로
사이좋게 이야기하고 있어요

45

달팽이

달팽이 등껍질 메고 나들이 가네

풀잎에 달린 이슬 잡으려다
바깥 세상 보고픈 나무뿌리에 걸렸네

달팽이 집에서 더듬이 올려보니
나무는 더 높게 보이고
하늘은 파랗게 보이네

거미

거미가 나뭇가지에 줄을 쳤어요

이리저리 왔다갔다
거미줄은 자꾸자꾸 커졌어요

끈끈한 거미줄에 작은 나비가
걸렸어요

나는 나비가 아플까봐
잠자리채로 꺼내 주었어요

나비가 날아가니
내 마음도 같이 날아가요

49

파도 소리

바닷가에서 소라 껍데기를 주워왔어요

소라 껍데기를 귀에 대면 소리가 나요

사각사각 긁는 소리 같기도 하고

그냥 좋은 소리가 들려요

집에서 파도 소리가 들려요

아기는 파도 소리에 잠들 거예요

51

까만 밤

밖이 깜깜해졌어요

달님도 자고 별님도 자고
친구들도 자고 있을까요

동화책도 더 보고 싶고
블록으로 만든 오리와
놀고 싶은데 자야 돼요

꿈속에서 친구들과 숨바꼭질 할 거예요

풀숲에서

할머니 여기 봐요
공벌레가 기어가요
어머!
그게 공벌레니?
공처럼 둥글게 말린다고 공벌레에요

여기 애벌레도 있어요
연두색 꿈틀대는 애벌레
어머!
좀 징그럽다
얼마나 귀여운데요
너무 너무 귀여워요

55

손자 1

태어난 지 한 달 조금 지난 손자
앞짱구, 뒤짱구
동글동글 짱구머리
머리카락은 하늘로 뻗은
펑크 스타일

우리 아기 잘도 잔다
잠투정에 바친 십분

팔, 다리 운동하며
놀기도 하고
찡그렸다 웃었다
배냇짓에 하루가 저물고
찡그려도 울어도 예쁘기만 하다

할머니가 되었다
어서어서 자라
손잡고 숲길 거닐자

손자 2

보내온 사진 속 아기는
뭐가 그리 좋은지 활짝 웃는다
나도 따라 웃는다

잘 웃는 웃음 천사
하얀 아랫니 두 개
네가 주는 청량한 선물
더없는 기쁨이다

내 품에서 새근거리며 잠든 모습
어떤 얼굴을 이리 오래 보아도
지루하지 않을까
너에게 보내는 내 사랑은 무한이란다

빠르게 기어가다 슬며시 앉고
잡고 일어서기에 한창인 네게

지혜롭게 자라기를 바라고
밤하늘 별들도 가끔은 볼 수 있다면
좋겠다고 마음 건네 본다

낮잠

꼼지락 꼼지락
쳐다보면 짧아진 하루가 지나고
시간을 즐겨 먹는다

귀여운 몸짓에 시선이 멈추고
입꼬리 올라가는 미소에
저절로 웃음이 오른다
내 사랑하는 아기 천사

지어낸 음률에 얹은 자장가 한 소절
새근거리는 숨결
등에 붙은 작은 뺨
여린 무게 얹은 포근한 날개로
꿈결을 만지고 있다

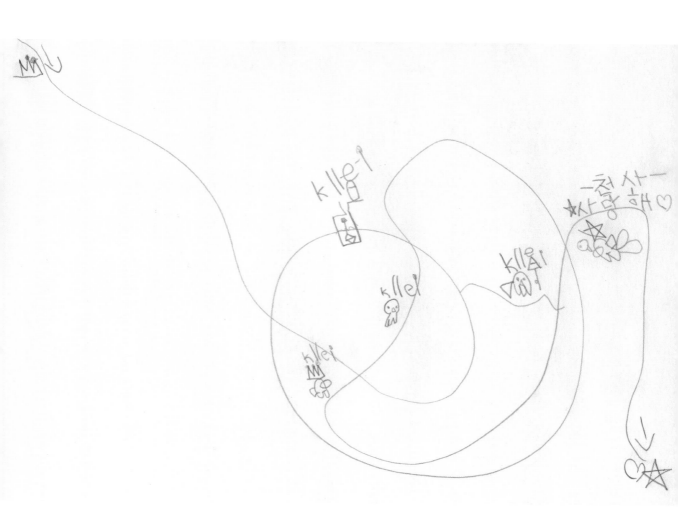

첫돌

한복 입은 똘망똘망한 얼굴
나비넥타이 맨 앙증맞은 모습

생일 축하하러 모인 가족
모두 두 팔 크게 올려
하트 만들며
건강과 행복을 기원한다

준혁아
첫돌 축하해

돌잡이로 판사봉을 잡아
함께 손뼉 치며 웃었지

무엇을 하든 무엇이 되든
씩씩하게 자라서
하고 싶은 일 하며
자신의 나무 가꾸어 가기를
소원해 본다

따라 하기

돌 갓 지난 너는 웅얼웅얼대며
리듬에 맞춰 엉덩이를 흔들고
어깨를 좌우로 움직이며 춤을 춘다

기분 좋으면 큰 소리도 내며 잘 웃고
뭐든 따라 하느라 바쁘다
머리를 쓰다듬으니
저도 제 머리를 쓰다듬는다

엄마, 아빠, 물, 맘마, 까까
간단한 단어를 따라 하고
물을 외치기도 해
물 먹고 싶은 표현을 하는 모습이 제법이다

뽀로로를 좋아하고
곰 세 마리 동요를 좋아하는
웃음 머금고 있는 선한 얼굴

낮잠, 달님

1. 낮잠을 재우려고 손자를 안아

할머니 : "눈 감고 무슨 소리가 들리는지 들어봐"

어서 눈을 감아보라고 재촉했다

준혁이 : "눈 떠도 잘 들려"

할머니 : "눈 감고 들으면 더 잘 들린단다"

긴 속눈썹을 내리고 토닥이는 잠 속으로 들어갔다

2. 보름이 이틀 지난 새벽달을 한참 쳐다보며

준혁이 : "할머니! 달님 속에 뭐가 있어?"

할머니 : "글쎄, 토끼가 들어있나"

준혁이 : "햄스터도 들어있고 새도 있고 꽃도 있고 여우도 있어"

할머니 : "아! 그렇구나. 맞아"

33개월 된 손자와의 대화입니다

정

네 작은 뺨에서 눈물을 보았다
동물의 왕국을 볼 때
악어에게 잡아먹히는 누의 새끼 곁을
떠나지 못하는 어미를 보며 눈물을 펑펑
쏟는 네 모습이 사랑스럽다

강자보다 약자를 생각하는
그 모습에서 어리지만
알 수 있는 품성을 느낄 수 있었다
할머니는 그런 네가 좋단다

눈에 넣어도 아프지 않을 정도로
네가 예쁘다 했더니
작은 손을 내 눈에 대보며
아플 거 같으니 하지 말라 한다

69

금귤 씨를 심다

1.
준혁이와 같이 심은 금귤 씨에서
아주 작은 싹이 보입니다
보름 만에 보여주는 연둣빛입니다
어제는 하나 오늘은 두 개
파릇파릇 보입니다
이 새싹을 보고 동그랗게 웃을
그 애를 생각합니다
얼마나 신기해 할까요

2.
세 개의 연둣빛을 찾아내고는
즐거워합니다
콧등 찡그리며 웃네요
보드라운 새싹이 다른 새싹을 바라봅니다
웃는 눈이 사랑스럽습니다
그 애 만날 때 제일 많이 웃는
나를 발견합니다

날씨

하늘에 고여 있던 눈송이가 날립니다
눈이 오다 비로 변했습니다
오늘의 날씨는 흐림에 먹빛입니다
30개월 된 준혁이는 좋아하며
눈 내리는 소리는 뜸벅뜸벅이라 말했습니다

비는 쭈룩쭈룩 온다 하네요
비 오면 우산을 써야 한다며
손가락을 위로 쭈욱 올리네요
창문에 흩어진 빗방울을 둘이 바라보다
비가 언제 그칠까 물으니 한 시간 있다라네요

한 시간은 참 많은 변화가 일어나기도
일어나지 않기도 하는 흐름이겠지요
비가 그칠까요

오늘은
빗소리를 모아야겠습니다

73

봄빛을 나누다

매일 다르게 봄꽃들이 다투어 피어난다
마을버스 뒤에서 들리는
개나리 꽃잎 같은 통화 소리가 소근거린다
경동시장에 다녀오는데
오이지가 노랗게 익었어
짠지도 얼마나 맛이 있는지
너도 주려고 몇 개 더 샀어
하늘빛이 푸르렀다
세 살 준혁이가 내게 과자를 내밀며
할머니 나눠 먹으면 더 맛있어 하던
그 고운 말이 떠올랐다

새똥 맞은 날

앗!
나한테 왜 이래

너희들 지저귈 때
발걸음 멈추고
엿들었다고

아니면
한 마리가 다른 한 마리
쫓아다니는 것 봤다고

그것도 아니면
고인 빗물 먹고
마른 나뭇잎 쪼아 먹는 걸
눈치 없이 봤다고
이러는 건지

숲길 걸어가다 머리에
새똥 맞았다

비둘기와 씨앗

연둣빛 물이 나무에 오르더니
바람이 온화해졌다

건너편 다세대 주택 옥상 텃밭에
무언가 심는 모습이 보인다

다음 날
비둘기 서너 마리가 그곳을 정확하게
파내고 있다

기억하는 것은 늘 어렴풋했지만
그들은 일찍이 알아버린다

봄비가 한차례 지나간 뒤
텃밭에 파릇해진 문장들이 이어지고
시를 쓴 듯 가지런하게 몇 줄이 쓰여졌다

참새와 지하철

계단을 통해 들어왔습니다
파닥이며 입구를 찾지만
반대 방향으로 가고 있어요
밝은 쪽으로 몰아봐도 막무가내입니다

지하철 탈 일 있을까요
어미가 기다리는데 돌아가야 하겠죠
밖은 비가 내리고 있습니다

숲속으로 가고 싶어요
작은 호수가 있으면 좋겠습니다
온갖 새들이 쉬었다 가는 곳
전철을 타야겠어요
내릴 곳을 알려주세요

하늘이 보이면 내리세요
모퉁이 지나면 숲이 나옵니다

그곳에는 여름이 시작되고 있을지도 모릅니다

곤충

그림을 받았어

그림 속에는 거미와 개미굴이 있고
나무는 우거지고
밝은 색들이 펼쳐져 있어

네 스케치북은 온통 곤충 세상
연두색 애벌레가 꿈틀대고
거미가 줄을 치고 있지

새로 줄은 거미가 다니는 길이라
끈적이지 않는다며 웃었지

우리는 별이 쏟아지는 곳에 가 보기로 했지
사막에 가보고 싶다고
그곳에도 곤충이 살 거라며
낙타와 선인장도 볼 거라는
준혁이는 다섯 살

그 작은 손으로 그린
그림을 받았어

은하빌라 옆 감나무

아이들이 햇볕처럼 쏟아지는 집

유월은 가고 있는데
후드득 몰려 떨어지는 감또개
꽃 지워진 자리 아물기도 전에
연두를 줍는다

비껴가는 햇볕을 안으로 들이며
잎새가 넓어지는 때
은하빌라 지붕으로 기울어지는
그늘이 모여 머문다

붙잡지 않아도
가지 끝 속살로 파고드는 발길이
소낙비 따라 멈춘다
다가올 까치 그림자를 올려다본다

낡은 별무리 집 옆 오래된 감나무
그 위를 징검징검 흘러가는 별자리들

홍시 속에 익어가는 귀뚜라미 소리

그때도

아이는 삼백육십오에 대해 말한다
중요한 숫자라며

낮이 지나고 밤도 지나가
1년이 자꾸 가면
그때도 365일이 있냐고 묻는다

노을을 좋아하는 아이는 궁금한 것이 많다
키가 자라고 힘도 세지고 싶어한다

꽃이 있던 자리에 흰 눈이 피는 것이 하루
하루는 까치놀로 밀고
하루는 별자리에 채우고

밤새 뒤적이던 어둠이 열어지는 것도 하루
하루는 속눈썹에서 젖었다가 마르지

밤하늘에 별들이 있고 우리가 있는 것도 하루
하루는 모여서 물결치며 지나가지

하얀 종이 위에 그린
어린 새의 날갯짓도 하루

같이 손잡고 걸어가면
어느 강가에 닿아 있는 것도 하루란다

그때도 삼백예순다섯 날은 있을 거라는
당연하지 않은 말을 당연하게 하고

사랑하는 준혁에게

어느덧 글자를 깨쳐 동화책도 읽고
책을 좋아하는 모습을 보니 많이 자랐다는 것을 느끼네
귀여움 가득 눈에 품고 잘 자라는 준혁이를 보면
흐뭇해진다
예쁜 얼굴 웃는 얼굴로
하루하루 건강하게 지내

2020.10.14.

바다   다   강

91

더 좋아지기를

밥 잘 먹고 어린이집도
잘 다녀왔겠지?
기쁜 하루를 보내는
준혁이의 생활이 더 좋아지기를

2020.10.22.

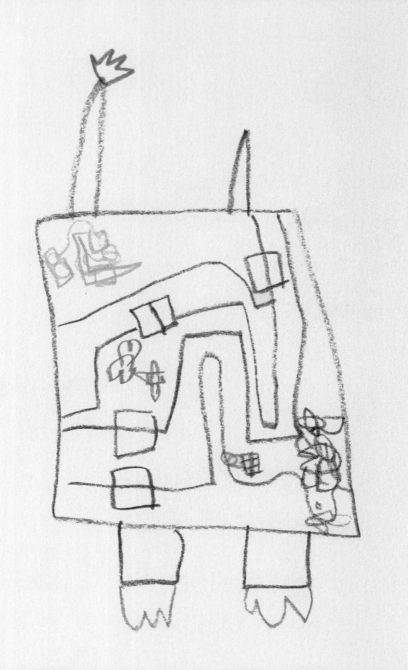

많이많이 사랑해

책 사이에 넣어 둔 단풍잎이 예쁘게 말랐는지?

조금씩 추워지는 날씨에
건강하게 지내길 바라는 마음이야
나뭇잎이 많이 떨어지고 있어

할머니는 준혁이를 많이많이 사랑해

2020.11.5.

달님에게 물어봤단다

오늘은 반달이 떴어
달님에게 준혁이가
잘 지내는지 물어봤단다

여름에 같이 보았던 초록감이
주홍빛으로 바뀌고 있어

2020.11.12.

97

좋은 하루

어젯밤에는 천둥번개치고 비가 많이 왔어
아기새는 엄마 품에 안겨 잠들었을 거야
무섭지 않았겠지?
엄마 품은 따뜻하고 좋으니까
준혁이도 엄마를 사랑하니까
엄마 말도 잘 들어야겠지?
오늘도 좋은 하루 보내기를 바라며

2020.11.19.

99

어서 자라라

바람이 조금 불고 햇님이 반짝거리는 날씨야
저번 주에 준혁이가 식물들에게 물도 주고

"물 먹고 어서 자라라!"

말을 걸어줘서
식물들이 잘 자랄 거야

2020.12.3.

하늘을 올려다 봐

산등성이 새둥지에 구름이 걸려있네
아기 새도 구름을 보고 있을까?

나무는 사랑하는 마음으로 새둥지를 지키고 있을 거야
구름은 물고기 모양, 모자 모양
풍선처럼 구름들이 몰려가고 있어
준혁이도 하늘을 올려다 봐

2020.12.10.

103

생각나는 밤

창밖에 초승달이 노랗게 떠 있네
준혁이가 손바닥으로 달 모양을 만들던
귀여운 얼굴이 생각나는 밤이야

지금쯤 꿈나라에 있겠지
건강하게 씩씩하게
자라길 바라며

2020.12.20.

보고 싶다

오늘 아침에 창밖을 보니
어젯밤에 눈이 와서 쌓여 있어
나뭇가지 위에도 지붕 위에도
소복소복 내려와 앉았네

준혁이와 눈사람을 만들면 좋겠다고 생각했어
활짝 웃는 준혁이 모습 보고 싶다

2021.1.5.

보기 좋아

설날에 세배도 예쁘게 하고
많이 의젓해졌네

활짝 웃는 얼굴이 보기 좋아

2021.2.15.

새 동네를 돌아보며

같이 보았던 초승달은
조금 더 자라서 반달이 되었어

할머니는 오늘 새로 이사 온 아파트
숲길과 동네 골목 산책을 했어
놀이터도 몇 군데 있단다

햇볕 좋은 벤치에도 앉아 보고
여기저기 가게도 기웃거리고

준혁이가 좋아하는 과일가게도
여러 군데 있더구나

2021.4.19.

아프지 마라

하늘도 푸르고 날씨도 좋은데
준혁이가 아파서 할머니가 많이 속상했어
이제, 잘 먹고 씩씩하게 일어나야겠지?
그래야 놀이터도 가고
유치원 친구들도 만날 수 있으니까

준혁이와 같이 심은 토마토 씨는
아직 새싹을 보여주지 않네

물 주고 햇볕 쬐면 파릇파릇 나올 거야
기다려보자
봉숭아 새싹은 잘 자라고 있단다

할아버지께서 "준혁이 아프지 마라" 하시네
준혁이 예쁜 웃음 생각하며

2021.5.12.

사막여행 1

사막에 관심이 많은 네게
사막에서 자라는 선인장과
낙타의 이야기를 들려주고 싶구나
눈을 반짝이며 상상의 나래를 펴겠지?
씩씩하고 튼튼하게 자라서
할머니와 사막에도 가 보면 좋겠구나

2021.5.17.

115

사막여행 2

사막을 지나가는 낙타가
똥을 누게 되면 그 똥에 바람 타고
날아온 풀씨가 떨어져서 싹을 틔우고
풀이 자라게 되지
밤 사이 이슬이 맺히면 그 이슬 받고
잘 자란 풀이 된단다
그 풀을 또 낙타는
맛있게 먹게 되겠지

재미있는 사막여행이 기다려지지?

2021.5.20.

봉숭아를 보며

안녕?
밝게 웃는 준혁이 모습 생각하며
편지를 쓰네
벚나무 밑에 새똥이 엄청 많이 쌓였어
경비 아저씨께서 청소하시며
바로 나무 위에 새집이 있다 하더구나
올려다 보니 나뭇가지로 얼기설기
엮어서 작은 둥지를 만들었어
일곱 여덟 마리의 작은 새끼 새가 알을 까고 나왔네
준혁이가 할머니 집에 놀러 오면 볼 수 있을 거야
궁금하지?

봉숭아에 꽃이 피었어
이제 조금 더 꽃이 피면 모아서
준혁이 손톱에 물 들일 수 있을 거야

2021.6.16.

여기에 답을 써봐

오늘 한강공원을 걷는데
청둥오리 떼가 까맣게 몰려 있었어
물 위에 둥둥 떠 있으면서
물속으로 들어갔다 나왔다 하며
물고기를 잡는 것 같았단다
그렇게 많은 오리 떼는 처음 봐서
신기하더구나
준혁이도 봤으면 좋았을 텐데 말야
새 떼가 V자로 날아가는 모습을
본 적 있니?
(   )
여기에 답을 써 봐

2021.11.24.

곤충들의 기지개

날씨가 많이 따뜻해졌네
청둥오리들은 이제 날아갈 준비를
하는 것 같아
봄이 오는 소리가 들리는지 한번
귀 기울여보렴
꽃이 피고 개미도 땅 속에서
나올 때 우리 한강에 가볼까?
준혁이 좋아하는 곤충들이
기지개를 켤 거야

2021.2.24.

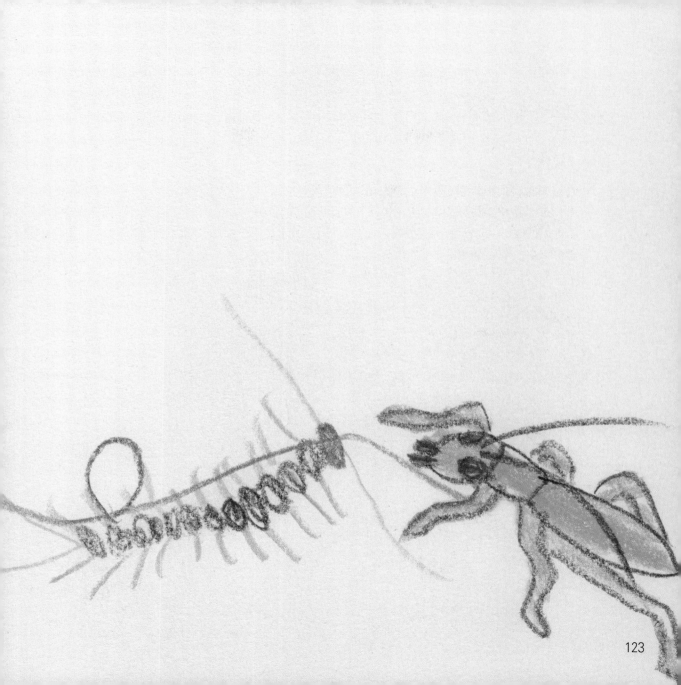

알라딘과 지니

어제 비가 많이 온 뒤 봉숭아에 꽃이 두 개 피었고
채송화에는 29개의 꽃이 피었어
준혁이가 봤으면 활짝 웃었겠지?
꽃보다 더 밝게 말야
오늘도 비가 그치고 햇님이 쨍하고 나왔는데
하늘은 무척 파랗고 맑다
이 날씨처럼 준혁이도 환하게 밝게 씩씩하게
하루를 시작하렴

준혁이는 '알라딘'을 좋아한다고 했지?
할머니는 '지니'를 좋아하고
우리 꿈 속에서 알라딘과 지니를 만나러 가자

2023.3.27.

활기차게

장마철이라 비가 오락가락하는
날이 계속되네
준혁이가 감기로 고생하고 있어
할머니 마음이 안 좋아
어서 감기 뚝 하고
활기차게 뛰어 놀면 좋겠다
감기를 이기려면
어떻게 해야 하는지
알고 있지?

2023.7.17.

127

더위를 이기려면

이제 비도 그치고 노을이 지려해
준혁이도 노을이 좋다고 했지?
하루를 마감하는 햇님이 주는
선물이겠지
잠자리가 무척 많이 날아다녀
이제 더 더운 여름이 시작되려나 봐
더위 이기려면 어떻게 하면 좋을까
다음에 만나면 알려줄래?
준혁이만의 방법이 있으면
살짝 얘기해줘

2023.7.25.

언제쯤

매미 소리에 하루를 시작하네
푸른 하늘에 낮달이 하얗게
떠 있는 아침이야
오늘이 '세계 고양이의 날'이라네
귀여운 고양이 모습 생각나지?
준혁이하고 재미있는 동화를
언제쯤 쓸 수 있을지 ㅎㅎ
오늘도 밝은 웃음으로 지내렴

2023.8.8.

제4부. 동화

우리는 친구

우리는 친구

이옥주

놀이터에서 길고양이 노랑이와 검정이는 사이좋은 친구랍니다. 지금은 친하지만 처음부터 친했던 건 아닙니다. 햇볕 좋은 곳에 앉아 지나가는 사람들을 바라보고 있습니다. 누렁이는 동그란 녹색 눈에 부드러운 황토색 털이며 검정이는 귀가 쫑긋하게 서고 갈색 눈에 반들거리는 검은색 털로 둘 다 수컷입니다.

길에서 사는 둘은 다른 아파트 근처에 살았습니다. 길 하나 사이로 놀이터도 하나씩 있고 어린이집도 하나씩 있습니다. 누렁이는 어린이집 근처에 있는 목련아파트 공원에 살다가 밤에 길을 건너게 되고 라일락 아파트 놀이터에 사는 검정이를 만났습니다. 처음에 얼마나 검정이가 못되게 구는지 할퀴고 때리기도 했지만 노랑이는 계속 뒤를 따라다녔어요.

"너하고 친구 할 생각 없으니 따라다니지 마!"

"그래도 너랑 친구하고 싶어. 우리는 주인도 없고 길에서 사니 둘이 힘을 합치면 좋지 않아?"

"혼자 다니는 게 더 편하다고. 에이 귀찮아. 멀리 가버려! 나는 나 혼자도 힘들다고."

검정이는 화를 내며 다른 곳으로 뛰어 가버렸어요.

검정이를 만났던 곳에서 누렁이는 떠나지 않고 그 주변에서 놀았습니다. 먹이 주는 곳을 몰라 굶기도 했어요. 먼저 살던 어린이집 근처에 가면 먹이통이 있었지만 주민들의 반대로 먹이통이 치워져 지나가는 아이들이 주는 과자를 먹기도 하고 비 오면 빗물을 먹기도 했습니다. 그렇게 며칠이 지나고 검정이를 만났어요.

"어! 너 아직도 여기서 지내?"
"응. 여기 있으면 널 만날 거 같고 여기 놀이터에 오는 아이들 보는 것도 좋아서 그래. 만나서 반가워. 이제 친구 해줄 거지?"
"너 못 먹었나 보다. 그동안 마른 거 같아"
"괜찮아, 너를 다시 만나서 기뻐. 우리 좋은 친구가 되자."
"그래, 나도 사실은 혼자라 심심했었어. 배고픈 거 같으니 저기 먹이 두는 곳에 가보자. 마음씨 좋은 아줌마가 아침에 먹이를 놓고 가는데 아마 아직 남아 있을 거야. 같이 가보자."

아파트 문을 조금 지나니 이층집들이 나오고 그 골목 끝 구석 나무상자에 먹이가 조금 남아 있어 누렁이는 배를 채울 수 있었습니다. 둘이는 다시 아파트 놀이터 근처로 갔어요. 아이들이 많이 나와 놀고 있어요. 그네를 타는 아이 뒤에는 엄마가 밀어줍니다. 미끄럼틀을 타고 내려오는 아이들도 있고 숨바꼭질 하는 아이들도 있습니다. 누렁이는 잠깐 엄마 생각을 했습니다.

    누렁이는 형과 엄마와 살던 때가 있었지요. 기와집 지붕과 지붕 사이 작은 틈에서 형과 같이 태어나 거기서 살았는데 그때가 제일 좋았던 거 같습니다. 따뜻한 엄마 품에서 잠들고 형과 장난치던 어린 시절이 있었으니까요. 지금은 집이 헐리는 바람에 모두 헤어져 만날 수가 없답니다. 먹을 것을 찾아 길거리를 헤매다 쓰레기통도 뒤지고 비를 피해 나무 밑에서 잠들기도 했습니다.

    겨울에는 아파트 주차장이 따뜻해서 여기 아파트 근처에 살게 됐어요. 자동차

밑에 들어가면 따뜻하기도 하고 아늑해서 기분이 좋아집니다. 사람들이 쫓을 때는 빨리 몸을 움직여 달아나기도 합니다. 장난꾸러기 아이들이 돌을 던질 때도 있어 조심해야 해요. 돌에 맞아 상처가 난 적도 있어요. 아프지만 참고 도망쳐요. 어떤 아이들은 먹이를 가져와 부르기도 하는데 그래도 무서워 금방 다가가지 못합니다. 자꾸 부르면 가까이 가서 좋은 아이인지 나쁜 아이인지 살펴봅니다. 착한 아이들은 머리를 쓰다듬어 주기도 하고 사료를 먹여주기도 하는데 이런 아이들이 많지는 않아요.

누렁이는 친구가 생겼습니다. 누렁이는 기분이 좋아집니다. 이제 검정이와 친구가 돼서 누렁이는 든든합니다. 둘이 뛰어놀기도 하고 재미있는 이야기도 하면서 잠들 수 있으니까요.

밤 하늘에 뜨는 달님과 별을 같이 볼 거라 생각하니 즐겁습니다.

다름시선 003
배준혁·이옥주 동시집
준혁이와 할머니의 새싹 이야기

지은이 배준혁,이옥주
펴낸이 김은중
펴낸곳 다름북스
디자인 홍세련

1판 1쇄 2023년 12월 30일

출판신고번호 제2021-000252호
전화 070 7893 1328
블로그 blog.naver.com/dareums
전자우편 dareums@naver.com

ISBN 979-11-975963-4-6 (03810)
ⓒ배준혁,이옥주, 2023